Constanze Guhr

GO GIRL

Mit diesem Buch schaffst du alles

Constanze Guhr

GO GIRL

Mit diesem Buch schaffst du alles

dtv

Hallo!

Kennst du das Gefühl? Du musst einen Vortrag vorbereiten, aber du findest nicht den Anfang? Du hast keine Idee für deine Präsentation? Du traust dir nicht zu, die Mathearbeit zu schaffen? Du weißt nicht, wie du auf neue Ideen kommen sollst? Du denkst manchmal, anderen fällt alles leichter und die anderen sind immer besser als du? Du wärst gern mutiger, interessanter und gelassener? Dann ist dieses Buch für dich genau richtig.
Es enthält viele praktische Übungen und Spiele, mit denen du deine Projekte planen kannst, dein Selbstbewusstsein verbesserst und dazu noch Spaß hast.

„OB DU DENKST,
DU KANNST
ES ODER
DU KANNST
ES NICHT,
DU WIRST
AUF JEDEN
FALL RECHT
BEHALTEN."

HENRY FORD

Wie du dieses Buch nutzen kannst:

- Du solltest dieses Buch natürlich immer bei dir tragen, dann hilft es am besten und du kannst immer noch mal nachschauen, wenn du wissen willst, wie du dich motivieren kannst.
- Lege dein Buch unters Kopfkissen, dann kann es auch im Schlaf wirken,
- Du kannst das Buch auch mit in die Badewanne nehmen und, wenn es bei dir erlaubt ist, am Frühstückstisch lesen.
- In dieses Buch darfst du hineinschreiben. Immer wenn du den Füller siehst, gibt es was zu notieren oder auszudenken.
- Du kannst auch in das Buch hineinzeichnen, -kritzeln oder -malen. Das ist bei der Palette oder dem Bleistift möglich.
- Und wenn du das Symbol von der Schere siehst, darfst du sogar etwas aus dem Buch herausschneiden (besonders die geheimen Notizen) oder es gibt was zum Basteln.

In diesem Buch findest du alles über:

- Selbstbewusstsein stärken
- Träume und Ziele ins Visier nehmen
- sich selbst loben
- nett zu sich selbst sein
- Zaubersprüche und Mantras für dein Selbstbewusstsein
- Lob und Motivation
- positive Sprache
- wie du die Komfortzone verlässt
- wie du den inneren Schweinehund bekämpfst
- wie du Angst und Unsicherheit überwindest
- Projektmanagement
- Listen
- Ordnung
- Prioriäten setzen
- aus Fehlern lernen
- Notfalltipps
- Entspannung gegen Stress
- leckere Rezepte zum Batterienaufladen
- Motivationskiller erkennen und beseitigen
- Pausetechniken und Profitipps
- Dranbleiben und Weitermachen

Du bist super.

Alles über

- Selbstbewusstsein stärken
- Träume und Ziele ins Visier nehmen
- sich selbst loben
- nett zu sich selbst sein

SELBST-BEWUSSTSEIN STÄRKEN

Alles
fängt in
deinem
KOPF an. Was
du von dir selber
denkst, das ist auch
so. Aber GEDANKEN
lassen sich ändern. Mit
einer guten PLANUNG
und ein paar **TRICKS,**
um dich selbst
zu *überlisten*,
kannst du
ALLES
schaffen.

AN SICH selbst GLAUBEN

Glaub an dich!

Du hast bestimmt schon mal beim Bockspringen im Sportunterricht gedacht: Das schaffe ich nicht! Und dann war es auch so. Mit seinen Gedanken kann man ziemlich viel bei sich selbst beeinflussen. Und zwar auch genau ANDERSRUM.

Wer an sich selbst glaubt, kann Berge versetzen und das Unmögliche möglich machen, gewinnen, erfolgreich sein, vorankommen.
Das glaubst du nicht?
Deshalb gibt es dieses Buch …

Dein Zauberspruch,

mit dem du dein Unterbewusstsein von dir überzeugst.

Mantras sind Sätze, die ganz oft wiederholt werden. Sie können gemurmelt, unters Kopfkissen gelegt oder laut gerufen werden. Lass uns mit einem einfachen Mantra anfangen, das du auf einen Zettel schreibst. Das ist dein persönlicher Zauberspruch.
Gestalte dir deinen Spruch in den schönsten Farben und mit tollen Buchstaben und hänge ihn an eine Stelle, an der du mehrmals am Tag vorbeikommst.
Bei deinem Mantra kannst du ruhig übertreiben, es kommt aber darauf an, dass es zu dir passt.

Ich schaffe das!

ICH KANN ES!

Das gelingt mir leicht.

Diese Wiederholungen nennt man Affirmationen. Wichtig ist, dass sie im Hier und Jetzt formuliert sind und nicht erst in ferner Zukunft. Nur so können sie ihre volle Wirkung entfalten.

JETZT DU:

Finde heraus, welche Sätze für dich gut klingen, und schreibe sie auf.

Dein Mantra

Wenn du dein Mantra gefunden hast, kannst du dir ein Schild für den Spiegel gestalten. Male oder schreibe deinen Satz und hänge ihn dorthin, wo du jeden Tag vorbeikommst.
Lies ihn, so oft es geht, laut.

ICH kann
FAST ALLES.

Ausschneiden
und an den
Badezimmerspiegel
hängen

Weitere Möglichkeiten für dein Mantra:

ICH KANN ES SCHAFFEN.

Heute gelingt es mir.

ICH BIN GUT IN DEM, WAS ICH TUE.

Mir macht es Spaß und deshalb fällt es mir leicht ...

Affirmationen sind fast so etwas wie Zaubersprüche. Wenn du sie immer wieder vor dich hin murmelst, werden sie für dich irgendwann so normal, dass du wirklich daran glaubst und sich auch dein Handeln verändert.
Du kennst sicher das andere Beispiel. Wenn du dir immer wieder sagst: „Ich kann das nicht, ich bin zu schlecht", dann glaubst du das und dann ist es auch wahr. Aber ab jetzt machst du es genau andersrum. Du redest dir ein, dass du es schaffst und dass es gut wird. Dein Gehirn stellt sich dann auf diese positiven Gedanken ein, und was du dir vornimmst, klappt. So veränderst du nach und nach, was du über dich denkst, und wirst immer besser.

FEHLER ZUGEBEN
KANN über sich lachen
OFFENHEIT
KOMPLIMENTE
denkt POSITIV
SELBST bewusstsein
=
positives SELBSTWERTGEFÜHL
BEWUSST SEIN
MUT

lernt von anderen
weiß, was sie kann
ICH als Person bin wertvoll
von ihren Fähigkeiten überzeugt
sorglos
optimistisch
unbekümmert
angstfrei
nötig
VERTRAUEN
Zuversicht
Sicherheit
GEWISSHEIT
wichtig

LOB, Lob, Lob

Der Wert des Lobes

Lob gilt als Zeichen der Anerkennung und macht gute Laune. Menschen, die zu wenig oder kein Lob bekommen, leisten auch weniger. Es ist übrigens gar nicht so leicht, ein Lob auszusprechen, dazu gehört Mut und Selbstbewusstsein.

Lob, Lob, Lob

Vergiss nicht, dich selbst zu loben!
Hast du etwas geschafft, und sei es auch noch so klein, beglückwünsche dich dazu und freue dich.
Gestalte dir einen Orden. Schreibe dir ein Lob hinein, schneide den Orden aus und trage ihn als Brosche.
Zum Beispiel:

TOLL GEMACHT!

Kompliment!

GENIAL!

CLUB für LOB und Unterstützung

Wenn du das Gefühl hast, dass es in deinem Leben davon zu wenig gibt, gründe mit deinen Freundinnen einen Lobclub. Veranstaltet Lobeshymnen-Treffen und sagt euch gegenseitig, was ihr toll könnt. Zum Beispiel könnt ihr euch nachmittags treffen, zusammen Lob-Orden basteln und an euch verteilen. Dann sagt ihr der anderen, was sie gut kann. Hier sind einige Beispiele:

- DU KANNST BESONDERS GUT CRÊPES BACKEN.
- Du kannst sehr gut Skateboard fahren.
- DU BIST SEHR GUT IM STREITSCHLICHTEN.
- Du findest immer eine Lösung.
- DU HAST IMMER GUTE IDEEN.
- usw.

Schnitze dir einen Lobstempel

Schreibe dein Lob verkehrt herum auf einen Radiergummi und schneide das Weiße weg. Oder nimm eine der Vorlagen. Lege ein Stück Transparentpapier darauf und zeichne das Bild mit einem Bleistift nach. Dann mit der Bleistiftseite nach unten auf den befeuchteten Radiergummi reiben und vorsichtig mit einem Cuttermesser alles wegschneiden, was nicht drucken soll.

Gute Idee

toll!

SUPER!

SUPER!

Genial

Gut gemacht

SUPER!

SUPER!

SUPER!

Motivation!

Ergänze die Liste der Wörter, die du gerne hören würdest, wenn du etwas geschafft hast.

- Bemerkenswert
- Erstaunlich
- Genial
- Außergewöhnlich
- Innovativ
- Einzigartig

Kreuze an, was dich motiviert:

SEINE STÄRKEN und SCHWÄCHEN KENNEN

Jeder kann etwas Besonderes und Sinnvolles. Wenn du weißt, was das ist, kann dir das Kraft und Mut spenden. Konzentriere dich auf das, was du gut kannst, und baue deine Stärken aus.
Es hilft dir auch, deine Schwächen gut zu kennen. Lasse das, was du nicht so gut kannst, lieber jemand anderen tun, der es besser kann und gern macht. Sammle deine Stärken und bündele sie zu etwas Einzigartigem, etwas, das nur einer kann:
nämlich du selbst sein.

Was kannst du gut?

Was machst du gerne?

Bei welcher Sache fühlst du dich richtig wohl?

Wobei vergisst du die Zeit?

Andere sagen, ich bin gut in:

Klebe dein schönstes Foto auf und male eine Krone dazu.

Sei immer DU

SELBST,

alle

ANDEREN

sind schon

VERGEBEN!

OSCAR WILDE

Negative Sprache?

Wie du sprichst, so fühlst du dich.

Manche Menschen machen sich selbst das Leben schwer, weil sie mit ihrer Sprache Hektik oder schlechte Stimmung verbreiten. Ich muss noch schnell oder ich kann das nicht, ich krieg die Krise usw.

Das kann NICHT schaden.

Das ist eine gute IDEE.

kein ProBleM.

gern geschehen!

Ich krieg die KRISE.

Ich mache eine PAUSE.

Positive Sprache!

Wenn du deine Ausdrucksweise ein bisschen umstellst, kannst du selbst viel entspannter sein.
Versuche, auf Wörter, die Schwierigkeiten, Probleme oder Belastendes ausdrücken, zu verzichten, und nimm stattdessen bejahende, wohltuende Wörter. Auch die Wörter „nicht“ oder „kein“ solltest du weglassen, denn das Gehirn blendet diese manchmal aus und dann ist kein Problem doch ein Problem.
Versuch mal, folgende Stress-Sätze zu ändern:

Ich muss noch schnell/kurz/mal eben – Ich werde jetzt in Ruhe ...

Ich habe gerade irre viel zu tun – Ich habe viele schöne Aufgaben.

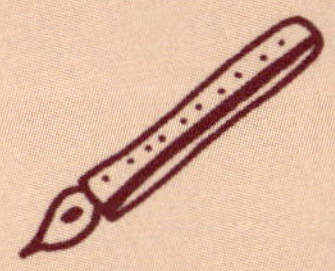

Ich krieg die Krise –

Das kann nicht schaden –

Kein Problem –

Das hatte ich schon befürchtet –

Dafür bin ich zu dumm –

Das war ganz Einfach

Mein geheimer Motivationssatz

Affirmations- und Manifestationssatz:
Hier kommt noch ein kleines Spiel, wie du dein zukünftiges Traum-Ich an den Start bekommst. Du brauchst drei Zettel. Verwende schönes Papier!

1. Schreibe auf einen Zettel zwei Adjektive, die beschreiben, wie du gerne sein möchtest. Zum Beispiel:

klug clever
MUTIG CHARMANT
schön lustig
WITZIG ...

Welches Wort beschreibt dich am besten oder wie wärst du gerne?

2. Dann schreibst du auf einen anderen Zettel wieder zwei Adjektive, die beschreiben, wie du deine Aufgaben erledigen möchtest:

schnell ordentlich GEWISSENHAFT
CLEVER rechtzeitig kreativ
GEISTREICH ...

3. Jetzt schreibst du auf den dritten Zettel den folgenden Satz und ergänzt deine Wörter:

Mein Traum-Ich ist .... und ....
und ich erledige meine Dinge .... und ....

Bewahre die Zettel an einem geheimen Ort auf – sie sind nur für dich bestimmt! Immer wenn dir danach ist, kannst du den Zettel hervorholen und dir so dein Traum-Ich wieder vor Augen führen.

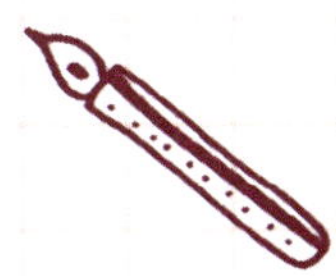

KEINE → Vergleiche mit anderen anstellen

Neigst du auch manchmal dazu, andere um ihr Können zu beneiden? Bewundere sie ohne Neid und sage dir: Schön, aber ich kann auch etwas!
Vertraue deinen eigenen Fähigkeiten und entwickle deinen ganz persönlichen Stil.

Niemand ist wie du. Kritzle deine Einzigartigkeit dazu.

Mach am besten einen Vertrag mit dir selbst:

ICH SCHWÖRE, DASS ICH ES AUF MEINE GANZ BESONDERE EIGENE ART UND WEISE MACHE.

Vorsicht, wenn man andere betrachtet, die es scheinbar leichter haben oder besser können. Du kennst nie die ganze Wahrheit. Es kann auch ganz anders sein, als es aussieht.

Du bist mutig.

Fast alles über:

- wie du die Komfortzone verlässt
- wie du den inneren Schweinehund bekämpfst
- wie du Angst und Unsicherheit überwindest
- wie du sicheres Auftreten lernst
- Mut und gute Taten

NUR MUT

Hallo Angst!

Sei mutig! Die meisten Dinge sind leichter, als sie scheinen. Du kannst dir Hilfe holen. Du kannst es noch mal versuchen. Du kannst üben und an jeder Aufgabe wachsen.

Hier kommt ein echter Profi-Tipp: Nimm die Angst wahr und tu es trotzdem. Stelle ganz einfach fest: Aha, da bist du ja, Angst. Aber gib ihr keine größere Bedeutung. Angst gehört dazu, aber sie darf dich nicht lähmen oder von deinen Ideen abhalten. Nur in wirklich gefährlichen Situationen ist Angst eine Schutzfunktion. (Wenn du zum Beispiel vorhast, von einem Dach zu springen, dann solltest du auf deine Angst hören.)

Grübeln hilft nicht weiter, sondern verhindert nur Kreativität.

Was kann dir im schlimmsten Fall passieren? Versuche dir das Schrecklichste vorzustellen, was du erfinden kannst. Zum Beispiel: Beim Vortrag stolperst du, dabei reißt du den Beamer um, der fliegt gegen einen Becher Farbe, die bekommst du ab und bist ganz grün und alle lachen dich aus!

Durchlebe die Szene in deinem Kopf. Auf diese Weise verarbeitest du deine Angst. Nun kann alles nur noch besser werden und du bist entspannter.

TAKE A RISK

HER MIT DEM RISIKO!

Hier kannst du deine Ängste notieren oder kritzeln und gleich wieder übermalen und durchstreichen.

(Kein) Platz für deine Angst

Hier kannst du dir deine eigene Ereigniskette ausdenken. Zum Beispiel: Ich stolpere, der Stuhl fällt um, gegen das Regal, dieses bricht zusammen usw. Je krasser, desto besser.

Keine-Angst-Kiste

Hier kommt ein kleiner Zaubertrick, um deine Ängste zu bezwingen: die Angstkiste oder besser: Keine-Angst-Kiste.
Um deine Ängste zu bezwingen oder zu bändigen, bastelst du dir eine Angstkiste, am besten mit einem Schlüssel zum Abschließen. Dann schreibst du deine Ängste auf einen oder mehrere Zettel und steckst sie in die Kiste. Jetzt kannst du beruhigt deine Ängste vergessen und dich auf die Sache konzentrieren. Wenn du später nachschaust, wirst du sehen, dass alles gar nicht so schlimm gekommen ist.

Deine Angstkiste kannst du ganz einfach aus einem Schuhkarton basteln.
Oben schneidest du einen Schlitz hinein. Dann klebst du die Kiste mit Paketklebeband zu oder schließt sie mit einer Kette ab. Den Schlüssel kannst du gleich mit in die Kiste hineinwerfen.

1.

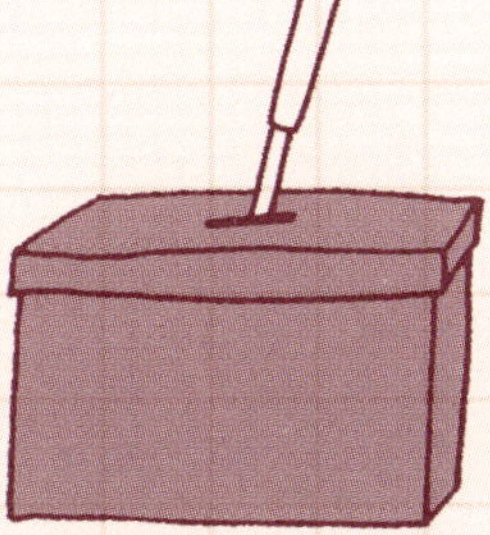

2.

3.

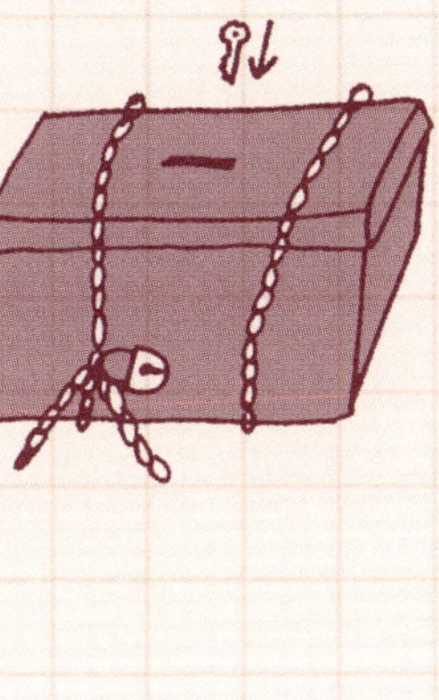

Sich etwas trauen

Zeichne, was du dich gerne trauen würdest:

Mut

Immer wenn du eine mutige „gute Tat" auf dieser Liste getan hast, kannst du ein Häkchen machen.

Was hast du schon Mutiges getan?	Habe ich getan	Möchte ich mal machen	Finde ich mutig
Fallschirm springen			
alleine Zug fahren			
alleine im Ausland sein			
Fremdsprache lernen			
Umweltschutzprojekt entwickeln			
als Einzige eine andere Meinung verteidigen			
ein Leben retten			
für etwas einstehen (zum Beispiel auf einer Demo)			
in einer Fremdsprache etwas in einem Restaurant bestellen			
jemandem helfen, der ungerecht behandelt wurde			
einen Lehrer kritisieren (während er dabei ist)			

YEAH!

Meine guten TATEN

Manche Menschen finden es selbstverständlich, anderen zu helfen. Zum Beispiel mit Flüchtlingen zum Arzt zu gehen oder mit Obdachlosen zu sprechen. Andere finden das gefährlich oder zu viel des Guten. Manche finden es normal, keine Markenklamotten zu tragen, auch wenn alle das machen. Manche finden das mutig. Oder wieder andere finden es total mutig, ins Wasser zu springen, während es anderen gar nichts ausmacht. Wie ist das bei dir? Was findest du mutig und was normal?

Liste scheinbar normaler, aber mutiger Dinge

Meine gute Tat heute

Tipps für sicheres Auftreten

Hier sind ein paar einfache, aber geniale Tipps und Tricks, wie du es schaffst, gute Vorträge zu halten oder dich zu trauen, deine Meinung vor der Klasse zu sagen:

1. Vorher üben: Sprich deinen Text für dich selbst, und zwar am besten im Bad (da hast du deine Ruhe!) vor dem Spiegel (so siehst du, wie du dastehst).

2. Wenn du das Gefühl hast, dass es schon gut klingt, halte jemandem den Vortrag, dem du vertraust und der dir sagen darf, wenn es noch holprig klingt (zum Beispiel deiner besten Freundin, Tante, deinem Vater oder einem anderen lieben Menschen).

3. Stell dir vor, welche Probleme auftauchen könnten, und überlege dir eine Lösung dafür.
Zum Beispiel könnte jemand eine Frage stellen, vielleicht sogar eine schwierige Frage. Spiel doch mit deinem Gegenüber ein paar Möglichkeiten durch, welche Fragen gestellt werden könnten und was du darauf antworten könntest.
Oder es wird plötzlich unruhig. Stelle eine Frage und warte, bis die anderen dir wieder zuhören.

4. Schaue während deines Vortrags jemanden an, den du gut leiden kannst. Du könntest zum Beispiel einer Freundin auch sagen, dass sie dich zwischendurch immer mal anlächeln oder dir zunicken soll. Das hilft dir sehr, dich sicher zu fühlen.

Siegerpose

In der Pubertät stellt sich der Hormonhaushalt um und dadurch wird mehr Fett in den Talgdrüsen produziert. Dafür sind nämlich die Sexualhormone zuständig. Jetzt verstopfen plötzlich die Poren und es entstehen Mitesser. Diese färben sich dunkel, wenn sie offen sind, nicht durch Schmutz, sondern durch den Haut-

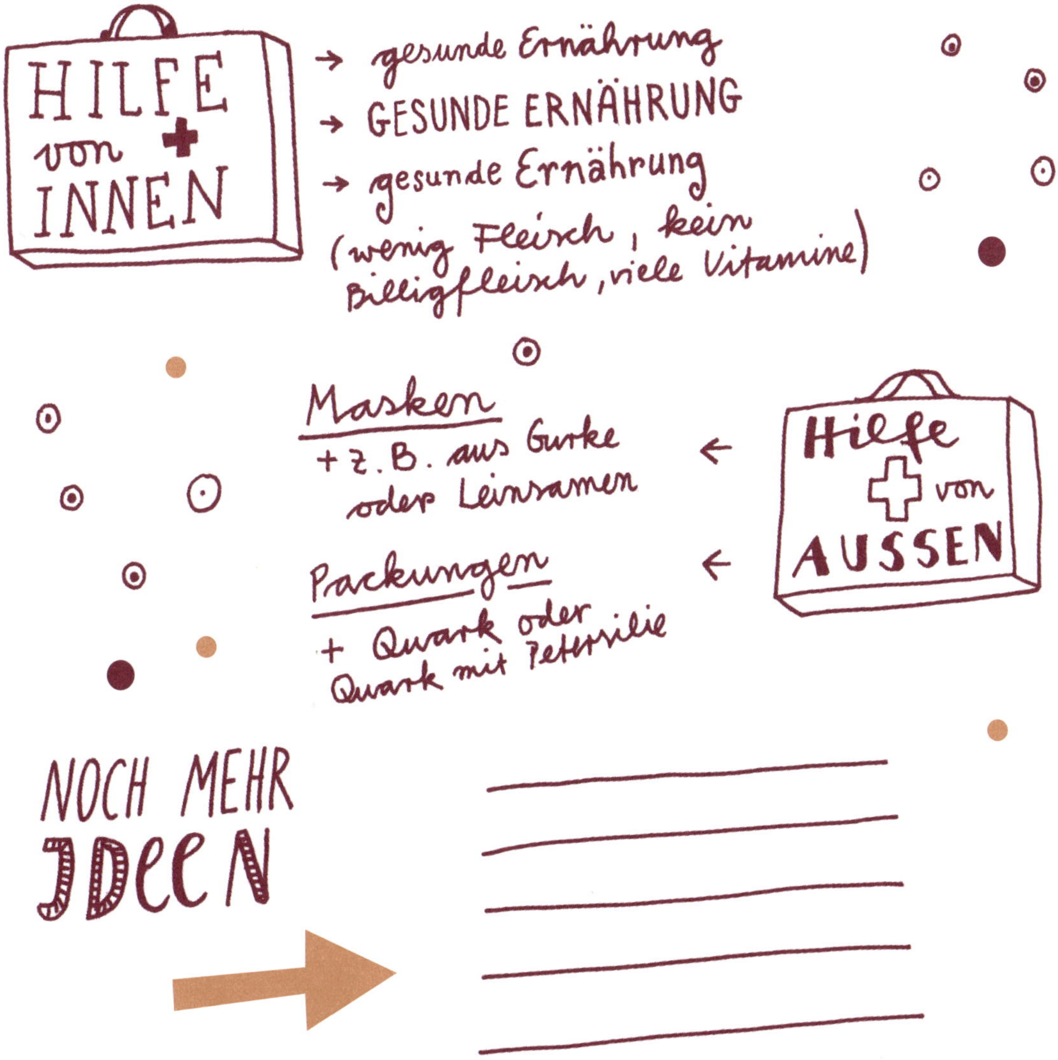

farbstoff Melanin. Soweit ist das kein Problem, bleibt der Mitesser aber zu, kann er die Haut ausbeulen und sich entzünden, also eitern. Davon bleibt fast niemand verschont, aber manche haben sehr viele Pickel, die heißen dann Akne.

Die gute Nachricht: Du kannst etwas tun und irgendwann ist es vorbei.

ROT WERDEN

Wieso, weshalb, warum?

Was hilft:

- Sprich mit anderen darübe
  dass du dich vor Blamag
  fürchtest
- Sage dir selbst:
  - Es ist normal
  - Es ist menschlich
  - Jeder macht Fehler
  - Shit happens

WANN?

- wenn du dich schämst
- wenn dir etwas peinlich ist

WER?

- besonders Hellhäutige
- Typ Schneewittchen
- individuelle Reizschwellen

vegetatives Nervensystem

DAS NERVT

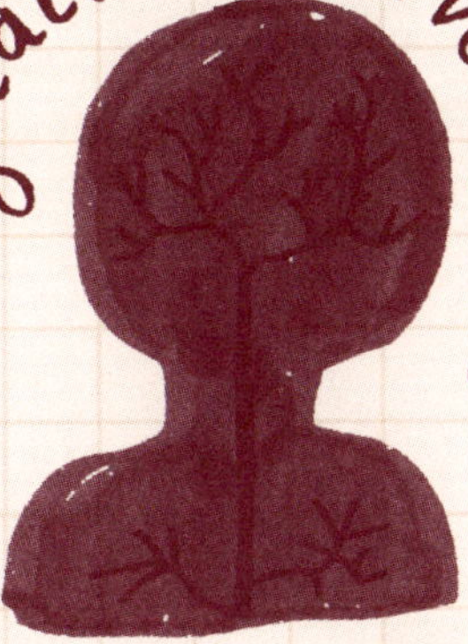

HERZ, ATMUNG, VERDAUUNG, SCHWEIßDRÜSEN USW.

kann NICHT willentlich gesteuert werden.

ÜBERMÄSSIGES ERRÖTEN = ERYTHROPHOBIE

SYMPATHIKUS-NERV

- wird in Stresssituationen aktiv
- gibt Befehl, Blutgefäße zu weiten
- wie eine Immunreaktion

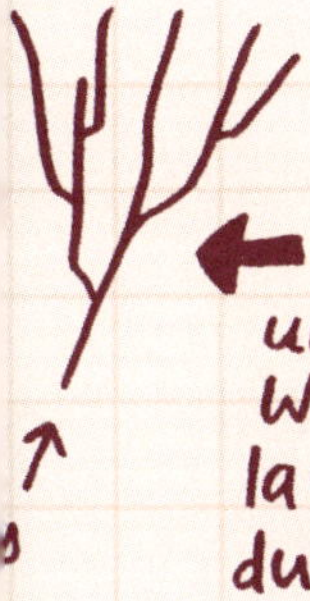

ADERN

unter der Haut weiten sich und lassen mehr Blut durch.

Blut

kleiner TRICK:

tief durchatmen

für besseres Atmen: Fingerkuppen von kleinem Finger und Daumen aneinanderdrücken

SCHMINKE

Abdeckcreme kann helfen

Du machst das jetzt.

DU machst das JETZT

Fast alles über

- Projektmanagement step by step
- Anfangen
- Planen
- Listen
- Ordnung
- Visualisieren
- Prioriäten setzen

einen PLAN haben

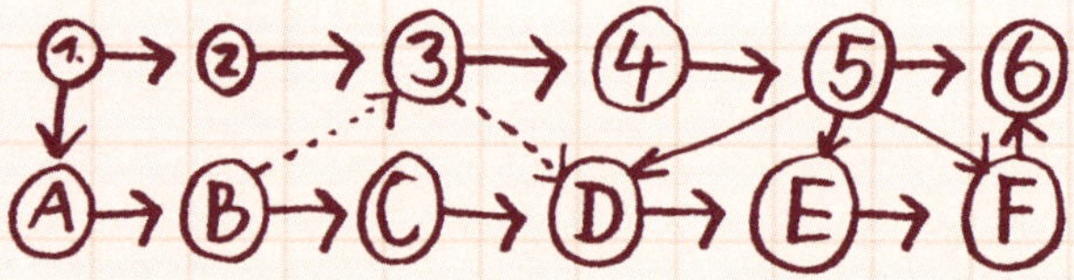

Wenn du deine Idee gefunden hast, mache dir einen Plan zur Umsetzung. Schreibe dir alle nötigen Aufgaben auf. Hänge den Plan auf, damit du immer sehen kannst, wo du gerade stehst und was noch zu tun ist. Verändere deinen Plan und passe ihn neuen Umständen an, aber behalte dein Ziel im Auge.
Hier kommen viele Ideen und Tricks, wie du es schaffst, von der Idee zum fertigen Ergebnis zu kommen. Egal, ob du an einem aufwendigen Projekt arbeiten möchtest oder nur an einem kurzen Vortrag.

DINGE erledigen!

Erzähle anderen von deinen Fortschritten, das nennt sich soziale Kontrolle. Es ist nämlich erwiesen, dass man sich eher an seine Pläne hält, wenn andere davon wissen.

Versuche es mit einem Einstiegsritual (aber nicht so lange, dass du die Arbeit nicht mehr schaffst). Gut geeignet ist eine Tasse Tee oder ein bequemes Kissen, das du nur für diese Aufgabe verwendest.

Zehn Minuten bevor du beginnst, legst du dir alles bereit und schaltest Störquellen ab. Und dann sagst du dir:

ICH KANN ES EINFACH ERLEDIGEN.

Du machst das jetzt.

SCHRITT Schritt
für SCHRITT
SCHRITT für SCHRITT

Viele kleine Schritte führen auch zum Ziel!

Aufgaben wirken manchmal wie unüberwindbare Berge, aber mit vielen einzelnen Etappen lassen sie sich doch bezwingen.
Teile dir eine Aufgabe in mehrere Teilschritte ein, die du nach und nach abarbeitest. Wenn du jede Woche ein kleines Ziel erreichst, hast du schneller Erfolge, für die du dich dann auch belohnen kannst.
Plane realistisch, nimm dir nicht gleich fünf Stunden Arbeit vor, sondern erst mal nur eine Teilstrecke.
Plane sie ganz genau durch und halte dich dann an diesen Plan.
Wenn du das geschafft hast, belohne dich selbst.
Die Schritte müssen klar und logisch sein, dann wird es einfacher.
Am besten ist es, wenn du noch jemand anderem sagst, wann du was fertig haben willst. Stichwort: soziale Kontrolle.

Zum Beispiel:

- *Bis Montag 18.00 Uhr alle Bücher zum Thema ausleihen*
- *Bis Mittwochabend alle Texte von Internetseiten in Textdatei kopieren*
- *Geschafft? Lieblingssong hören und zur Belohnung chillen.*

....

Alles, was du nun tun musst, ist anfangen.

Wenn du Leuten von deinem Projekt erzählst, hilft dir das, dein Ziel nicht aus den Augen zu verlieren.
Wer soll dein geheimer Motivator sein? Das ist jemand, der dich fragt, wie weit du schon bist und wie du zurechtkommst.
Willst du deiner ganzen Klasse sagen, was du planst, oder nur deiner besten Freundin?

Nimm dir bunte Stifte und male den Satz auf der anderen Seite aus!

DER RICHTIGE MOMENT IST JETZT.

DEN ERSTEN SCHRITT machen

Was soll dein erster Schritt sein?

Wann kannst du ihn machen? Wie lange wird es dauern? Wie fühlst du dich dabei? Stell es dir so gut wie möglich vor und dann los!

Wie war dein erster Schritt?

Hier ist Platz für deinen ganz persönlichen ersten Schritt. Du kannst etwas einkleben, aufschreiben oder kritzeln, das zeigt, wie es dir ergangen ist.

Und kritzle hier, wie du dich belohnen willst, weil du deinen ersten Schritt geschafft hast.

Hier sind Tipps, wie man eine Idee in Form bringt und eine Aktion daraus macht. Dabei helfen alle W-Fragen, die du kennst.

meine IDEE

MEINE IDEE/MEINE AUFGABE/MEIN VORTRAG/
Passendes unterstreichen

WAS ist meine Idee?

WAS will/kann/möchte ich?

WAS will/kann/möchte ich nicht?

WIE will ich meine Idee umsetzen?

WIE kann ich es anders/witzig/besonders machen?

WER kann mir dabei helfen?

WAS muss ich beachten?

Für **WEN** soll das Projekt noch nützlich sein?

Bis **WANN** will ich was dafür tun?

WIE soll mein Projekt präsentiert werden?

Jetzt kannst du loslegen.

MIND MAP ANLEGEN

Gedankenkarte

Wenn du eine Idee noch genauer formulieren willst, kann dir eine Mindmap helfen. Schreibe dafür in die Mitte eines großen Blattes mit großen Buchstaben das Hauptwort deines Projektes – du solltest dein Thema vorher auf ein Schlagwort reduzieren – und umrahme es bunt. Du kannst auch ein kleines Symbol hinzufügen. Mit verschiedenen anderen Farben schreibst du alle Begriffe dazu, die dir spontan einfallen. Stelle dir das Ganze wie einen Baum vor; vom Stamm des Hauptwortes gehen viele weitere Äste aus.

IDEE

Visualisierung:

Stelle dir folgende Fragen:

- Wie fühlst du dich, wenn du an dein Projekt denkst?
- Freust du dich darauf, hast du Spaß, dich damit zu beschäftigen?
- Bist du aufgeregt und kannst es gar nicht erwarten loszulegen?

Stelle dir alles so konkret wie möglich in deiner Fantasie vor.

Wenn du dir in deiner Vorstellung deine Idee jetzt schon in allen Farben sprichwörtlich ausmalst, erhöht sich die Wahrscheinlichkeit, dass du sie wirklich umsetzt.

Hier ist Platz für ein Bild – oder eine ganze Bilder-Collage!

Meine Erfolge

Hier kannst du eintragen, wann du die nächsten Schritte machen möchtest, und ein Häkchen oder einen Lobstempel setzen, wenn du es geschafft hast. Wie du dir einen Lobstempel bastelst, hast du ja schon erfahren.

MORGEN:

nächste Woche:

:FEBRUAR:

MÄRZ:

APRIL:

MAI:

Juni:

Juli:

AUGUST:

nächstes Jahr:

Du bist unerschütterlich.

DU bist unerschütterlich!

Fast alles über

- aus Fehlern lernen
- Notfalltipps
- Entspannung gegen Stress
- Batterien aufladen
- Motivationskiller erkennen und beseitigen

Du bist unerschütterlich.

Gute-Laune-Liste

1 2 3 4 5

Gute-Laune-Liste

Für schlechte Zeiten solltest du dir eine solche Liste anlegen. Schreib alles auf, was dir Spaß macht, zum Beispiel:

- Telefonnummer deiner Freundin
- KINOBESUCH
- Lieblingsbuch
- LIEBLINGSBESCHÄFTIGUNG
- Gute-Laune-Musik
- LIEBLINGSCOMIC

Immer wenn es dir nicht so gut geht, lies dir die Liste durch und stell dir alle diese Sachen vor. Vielleicht kannst du gleich etwas davon machen?

Erfolgszettel

Dieser Tipp ist für dich und deine Freundinnen. Suche dir mindestens drei Personen, die dich gern mögen und die sich auch untereinander mögen. Das können deine Freundinnen oder auch Eltern oder Tanten sein. Gib jeder so viele Zettel, wie Personen mitmachen. Jetzt schreibt ihr euch gegenseitig Sätze auf, die euch daran erinnern, was ihr schon erfolgreich geschafft habt oder gut könnt. Zum Beispiel:

- Du kannst tolle Plakate gestalten.
- Du hast schon einmal ein tolles Theaterstück gespielt.
- DU HAST ES GESCHAFFT, AM MATHEWETTBEWERB/ MALWETTBEWERB/ ... TEILZUNEHMEN.
- DU SCHREIBST SCHÖNE GESCHICHTEN.
- Du bist die beste Witzeerzählerin.
- ______________________________________

Das Erfolgsbüchlein

Schreibe alles auf, was dir gut gelungen ist oder was du gelernt hast. Das können die verschiedensten Dinge sein, wie eine gute Zensur, ein netter Freundinnenabend ohne Streit, wenn du etwas geschafft hast usw.

Wenn etwas mal nicht so gut klappt, hilft dir dein Erfolgsbüchlein, dich daran zu erinnern, was du schon alles geschafft hast. Und dein Gehirn gewöhnt sich langsam daran, dass du toll bist.

Die Zettel vom Erfolgsspiel kannst du auch da hineinkleben.

Jammer- und Motzverbot

Hör nicht auf Menschen, die alles schlechtmachen. Versuch selbst auch auf Jammern zu verzichten. Klagende Gesprächspartner sind nervig und demotivierend. Das hast du sicher auch schon erfahren. Viel besser ist es, im scheinbar Unangenehmen noch etwas Positives zu sehen. Kleine Kinder können das gut: Es regnet – aber es macht Spaß, durch die Pfützen zu hüpfen.
Kritzel über alle lähmenden Meinungen drüber oder streiche sie durch, bis du sie nicht mehr lesen kannst.

Wenn JEMAND zu **dir** sagt: „DAS GEHT NICHT", denke daran, **es** sind seine GRENZEN – **nicht** **deine**.

GUTE LAUNE und Humor ...

Wer über sich selbst lachen kann, hat schon einiges gewonnen. Du hast beim Telefonieren gepatzt? Na und? Dein Englisch klingt very funny? Macht doch nichts. Versuche, die komische Seite zu sehen. Es kann nur besser werden und du gibst natürlich nicht gleich beim ersten Mal auf.

Schreibe die Liste deiner größten Patzer und lache darüber.

Platz für witzige oder kluge Sprüche: Hier kannst du motivierende Sprüche sammeln, zum Beispiel aus Glückskeksen.

DU BIST SEHR EHRGEIZIG UND WIRST ES IM LEBEN ZU WAS BRINGEN.

Platz für deinen Lieblingswitz:

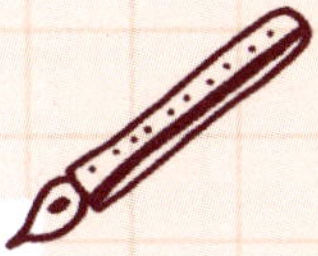

STRESS-AUSLÖSER
SORGEN
FRUST
LEISTUNGS DRUCK
Mobbing
ZEITDRUCK
Koffein
eigene Ansprüche
Fast Food
fehlende ANERKENNUNG
ALKOHOL + NIKOTIN
Erwartungen
Konkurrenz

STRESS-REAKTIONEN

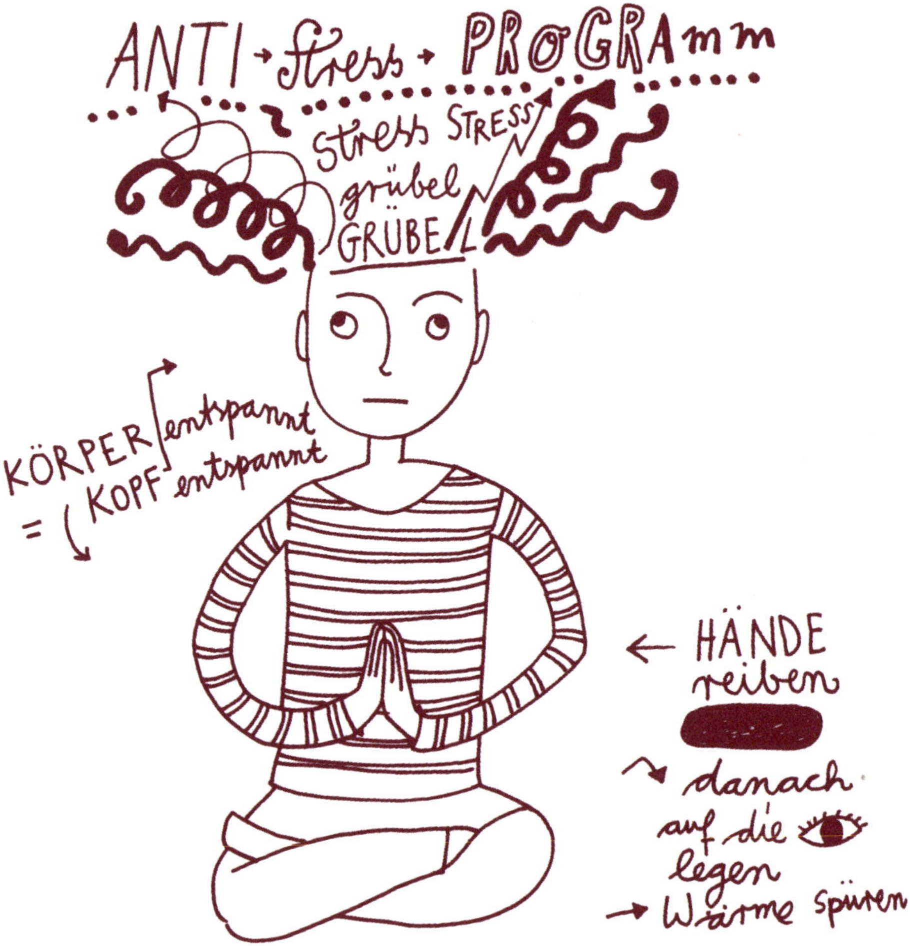
ANTI → Stress → PROGRAmm
Stress STRESS
grübel
GRÜBEL
KÖRPER entspannt
= KOPF entspannt
HÄNDE reiben
danach auf die legen
Wärme spüren

Meine besten TIPPS zur Entspannung

z.B. in die Badewanne legen

tanzen

stricken

Eis essen

lesen

Mandalas malen

mit Freundinnen Tee trinken

mit Oma shoppen

Progressive Muskel Entspannung

Setz dich gemütlich hin und beginne mit deiner rechten Hand (falls du Linkshänder bist, mit der linken). Spanne sie 10 Sekunden lang an und lasse dann 30 Sekunden locker, wiederhole das als Nächstes mit dem Unterarm, Oberarm usw. Dann mache das Gleiche mit dem Fuß, Unter- und Oberschenkel. Danach wechselst du auf die andere Seite.

Ein weiterer Trick ist, beide Hände schnell zu reiben, bis sie warm sind, dann beide Augen damit zu bedecken und der Wärme nachzuspüren.

Ruhiger atmen

Wenn du mit Daumen und Zeigefinger deine Nasenflügel etwas zudrückst, fließt die Luft langsamer, atme jetzt ein und aus.
Dadurch wirst du automatisch ruhiger.
Versuche, die Luft von alleine ausströmen zu lassen.

ZAUBERTRICK

STRESSZETTEL

- schnell + kurz auf einen Zettel schreiben, was dir im Moment auf die Nerven geht

↓

- kurz durchlesen, Zettel zerknüllen + wegwerfen

↓

- doofe Gedanken VERSCHWINDEN

↑

WEGWERFEN

Mach mal eine Pause

Wenn du mal nicht mehr weiterkommst, mach eine Pause. Schalte alle störenden Geräusche, wie die von Radio und Telefon, ab und warte einfach entspannt auf eine Eingebung. Koch dir einen leckeren Tee oder benutze ein Duftspray aus natürlichen Ölen. Es gibt im Bioladen ganz tolle Duftöle mit anregenden Stoffen, wie Pfefferminze, Grapefruit oder Vanille. *Was ist dein Lieblingsduft?*

Du kannst auch ein kleines magisches Ritual entwickeln, das deine Ideen wieder ankurbelt und dein Gehirn in einen kreativen Modus setzt. Nimm zum Beispiel einen Salzstreuer für das Verbessern von Ideen oder einen magischen Stein, der dir bei der Konzentration hilft.

Die Ideenfindung funkioniert noch besser bei einem Spaziergang oder in der Badewanne. Meist liegt die Lösung ganz nah, sie wird nur durch zu viel Denken verstellt. Höre auf dein Inneres und vertraue darauf, dass es sich selbst mit neuen Ideen meldet.

FINDE DEN ORT, AN DEM DU AM LIEBSTEN PAUSE MACHST. ZEICHNE IHN AUF!

Batterien aufladen

GEISTIGE ARBEIT VERBRAUCHT ENERGIE.

Wenn du merkst, dass du nicht mehr weiterkommst und deine Kraft nachlässt, solltest du vielleicht etwas essen. Um fit arbeiten zu können, brauchst du auch eine ausgewogenere Ernährung. Am besten schön gemischt: Kohlenhydrate, Fette, Eiweiße, Mineralien und Vitamine. Probier mal: Müsli mit getrockneten Aprikosen und Joghurt, Vollkorntoast-Pizza, Kartoffeln mit buntem Quark, Bananen-Buttermilch-Drink.

Müsli

- 1 getrocknete APRIKOSE } klein
- 1 halbe BANANE } schneiden
- 1 Portion MÜSLI
- 1 kleiner Becher Joghurt

Du kannst auch Orangensaft dazu geben.

Pizza-Toast

- Toast mit Butter bestreichen
- Schinken, Paprika, Tomate und Käse darauf verteilen

- im OFEN bei 200°C überbacken (natürlich auf einem Blech)
- Versuche möglichst viele Farben zu verwenden (Basilikum, Tomate, gelbe Paprika)

lle Rezepte
mpfohlen
on der
,ZgA

ENERGY-Drink

Alles pürieren, evtl. noch Honig dazugeben – fertig!

MEIN LIEBSTES ENERGIE-REZEPT:

....

....

....

....

....

„DER EINZIGE WEG, GROSS-ARTIGE ARBEIT ZU MACHEN, IST, ZU LIEBEN, WAS MAN TUT.“

Steve Jobs

DIE DINGE, BEI DENEN DU SELBST AUFGEREGT UND BEGEISTERT BIST, WERDEN ERFOLGREICH SEIN.

Gefühle und Stimmungen

Auf deinem Weg zum Ziel wirst du die verschiedensten Stimmungen erleben: Begeisterung, Unsicherheit, Neid, Stolz. Gefühle können deine Entscheidungen und dein Verhalten beeinflussen, deshalb ist es wichtig, sie zu kennen und ernst zu nehmen.

Wut

Wann? ....

Weswegen? ....

Auf wen? ....

Lösung: ....

Aufregung

....

Wann? ....

Weswegen? ....

Hier kannst du notieren, wie du dich wann gefühlt hast.

Frust

Wann?

Weswegen?

Auf wen?

Lösung:

Freude

Wann?

Weswegen?

Trauer

Wann?

Weswegen?

Lösung:

Mut

Wann?

Weswegen?

Gute Laune

Wann?

Weswegen?

Lächle dich an!

Wenn du mal verärgert über dich oder andere bist, hilft eine einfache Übung:
Lache deinen Ärger weg! Klingt zu einfach? Funktioniert aber! Selbst ein künstlich erzeugter Lachanfall hebt deine Stimmung und kann dir helfen, dich besser zu fühlen.

Nimm dich selbst nicht immer zu ernst und … wenn du an einem Spiegel vorbeikommst: LÄCHLE DICH AN.

DER SPIEGEL MAG DEIN LACHEN

Worüber kannst du am meisten lachen?
Zeichne dich selbst mit dem größten und entwaffnendsten Lächeln, das du kannst:

AUSTAUSCH

Wenn du mit Gleichgesinnten sprichst, kannst du die Erfahrungen der anderen nutzen und ihnen von deinen Tipps erzählen. Besuche Treffen oder werde Mitglied in einem Netzwerk. Schreibe Erfahrungsberichte (zum Beispiel in der Schülerzeitung) und bitte andere um ihre Einschätzung.

Was für Ideen haben die anderen im Kopf?
Zeichne in die Gedankenblasen …

Schreibe die besten Tipps auf, die du bekommen hast.
(Regeln, Sprüche, Internetseiten…)

FANG NIE AN AUF-ZUHÖREN, HÖR NIE AUF ANZU-FANGEN.

Marcus Tullius Cicero (106 – 43 v. Chr.),
römischer Redner und Staatsmann

KREATIV-GRUPPE gründen

Du kannst auch selbst eine Gruppe gründen. Da könnt ihr euch gegenseitig unterstützen, aufbauen, über neue Ideen sprechen und gemeinsam lachen. Pass auf, dass der Ton positiv und optimistisch bleibt, und hüte dich vor Leuten, die nur jammern und klagen.

Schreibe die Leute auf, mit denen du am liebsten eine Gruppe gründen würdest.

....

....

....

....

....

....

....

....

....

IDEE

Sich HILFE holen

Wenn du vor einer Aufgabe stehst, die dir absolut keinen Spaß macht, dann hole dir jemanden zu Hilfe. Macht die Arbeit gemeinsam. Zu zweit ist es netter – und viel bereichernder!
Wer kann dir wobei helfen?

rechnen

telefonieren

aufräumen

recherchieren

Fotos machen

sortieren

Internet gestalten

testen

texten

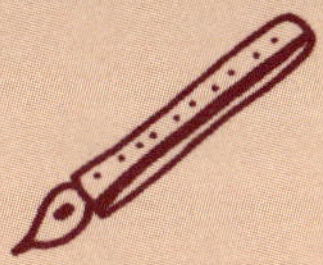

beschriften

ordnen

schön schreiben

korrigieren

vortragen

PRIORITÄTEN setzen

Wo deine Stärken liegen, hast du schon herausgefunden. Wenn du mit den Dingen beginnst, die dir liegen und leichtfallen, hilft dir das, gedankliche Blockaden zu überwinden.
Fülle die Liste aus:
Was mache ich gerne und was bringt mich weiter?

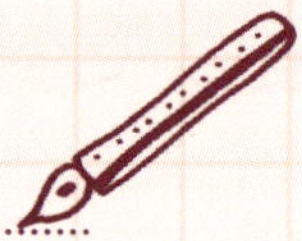

1. ....
2. ....
3. ....
4. ....
5. ....
6. ....
7. ....
8. ....
9. ....

Kreuze an, womit du dich ab jetzt nicht mehr ablenken willst.

SUPERTRICK!

Es gibt übrigens noch einen einfachen Trick, um eine Aufgabe zu schaffen: Schreibe dir die wichtigste Aufgabe mit großer Schrift auf einen Zettel und lege ihn neben dich. Immer wenn du abgelenkt bist, schaust du auf diesen Zettel und weißt wieder, was du machen wolltest. So wirst du ganz geschickt zu deiner Aufgabe zurückgeführt.

... und du bleibst dran.

und DU! BLEIBST DRAN

Übungen und Tipps für den Alltag

- Wie du Fehler für dich nutzen kannst
- Wie du bei der Sache bleibst.
- Wie du schaffst, was du dir vorgenommen hast
- Was du gegen das Aufschieben tun kannst
- Wie du dich motivierst
- Wie du auf neue Ideen kommst
- Wie du die Zeit auf deine Seite bekommst

HERAUS-FORDERUNGEN meistern

Jetzt, da du endlich angefangen und die ersten Schritte erfolgreich gemacht hast, heißt es DRANBLEIBEN. Lass dich nicht von deinem Weg abbringen. Außerdem ist es wissenschaftlich erwiesen, dass Störungen oder Fehler die Kreativität anregen. Bei Problemen musst du eben richtig neu nachdenken und dann fällt dir plötzlich was Besseres zur Lösung ein.
Versuche, etwas Negatives in etwas Positives umzuwandeln. Was war blöd? Was könnte daran gut sein?
Hier ist Platz für deine Gedanken.

AN FEHLERN wachsen

Niemand ist perfekt. Natürlich wird es auch Fehler geben.
Das gehört dazu.
Lass dich dadurch nicht entmutigen. Nimm sie als Möglichkeit, es noch mal anders zu probieren.
Bastle dir einen FEHLER WEG-Radiergummi.
Beschrifte den Radiergummi mit einem dicken Filzstift oder klebe ihm eine dieser Banderolen auf.

NÖRGLER WEG

noch mal

MACHT NICHTS

Das hilft gegen Aufschieberitis:

Wenn du eine Aufgabe zu erfüllen hast, zum Beispiel einen Vortrag vorbereiten, kann es passieren, dass du dich mit 100 anderen Dingen beschäftigst und nicht mit der eigentlichen Aufgabe. Diese kommt dir vielleicht zu schwierig vor oder zu langweilig.
Als Erstes musst du die störenden, ablenkenden Dinge aus dem Weg räumen, also Handy weg, unaufgeräumte Schublade abschließen oder in einen Raum gehen, wo es nicht viel Ablenkung gibt.

Dann teilst du dir die Aufgaben in mehrere Teile und setzt dir einen Termin, bis wann du was erledigen möchtest.
Eine Aufgabe kann in bis zu 20 Teilschritte geteilt werden.

Willenskraft funktioniert wie eine Batterie, sie kann auch mal leer sein und muss wieder aufgefüllt werden, also ist auch Entspannung wichtig. Es kommt auf die richtige Mischung an.

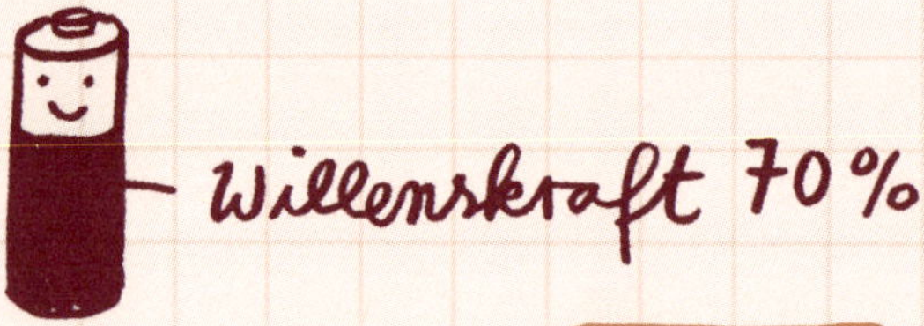

Prokrastination

= Aufschieberitis

↗ kann geheilt werden

Bastle dir einen Motivations-bleistift.

Schneide farbiges Papier in der Länge eines Bleistifts zurecht, ca. 3,5 cm breit. Schreibe Folgendes darauf:

ICH KANN DAS!

Oder:

DU MACHST DAS SUPER!

und beklebe den Bleistift damit.
Oder benutze die Vorlage rechts.

80:20-REGEL

Versuche nicht, ZU perfekt zu sein. Das bedeutet nicht, dass du schlampig oder unvollständig arbeiten sollst, aber es ist erwiesen, dass man mit 20 Prozent der Energie bereits 80 Prozent der Aufgabe schafft. Für die fehlenden 20 Prozent sind dann noch einmal 80 Prozent der Energie nötig, um eine vollständig perfekte Sache zu schaffen. Also nutze einen Teil dieser Energie für andere spannende Projekte. Sei mit dir zufrieden!
Male die Felder zu 80 Prozent aus, aber so, dass sie voll aussehen.

Motivationsspiel für 1–4 Mitspieler

Dieses Spiel kannst du spielen, wenn du bei der Umsetzung deines Plans einmal nicht weiterkommst. Es zeigt dir, dass es immer Höhen und Tiefen gibt. Und Spaß macht es auch noch!

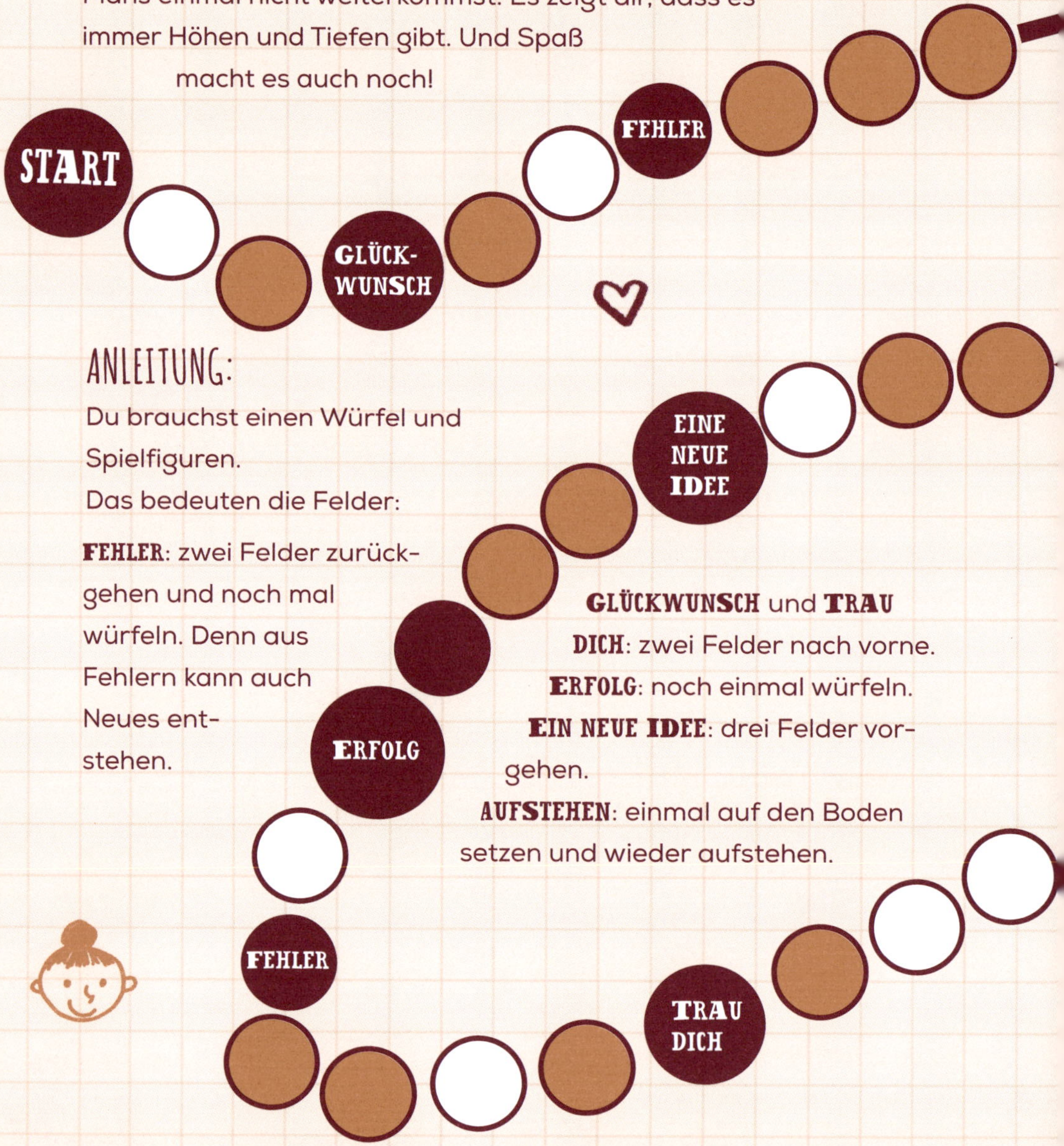

ANLEITUNG:

Du brauchst einen Würfel und Spielfiguren.

Das bedeuten die Felder:

FEHLER: zwei Felder zurückgehen und noch mal würfeln. Denn aus Fehlern kann auch Neues entstehen.

GLÜCKWUNSCH und **TRAU DICH**: zwei Felder nach vorne.

ERFOLG: noch einmal würfeln.

EIN NEUE IDEE: drei Felder vorgehen.

AUFSTEHEN: einmal auf den Boden setzen und wieder aufstehen.

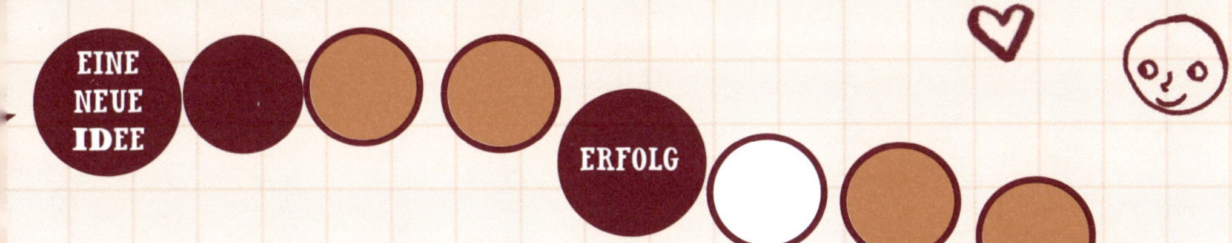

Du kannst auch noch selbst eintragen, was du magst, zum Beispiel **VERGESSENER ANRUF:** einmal aussetzen.

Wer zuerst im Ziel ist, kann sich einen Orden anheften. Wie bei jedem Spiel wird es Rückschläge und Erfolge geben.

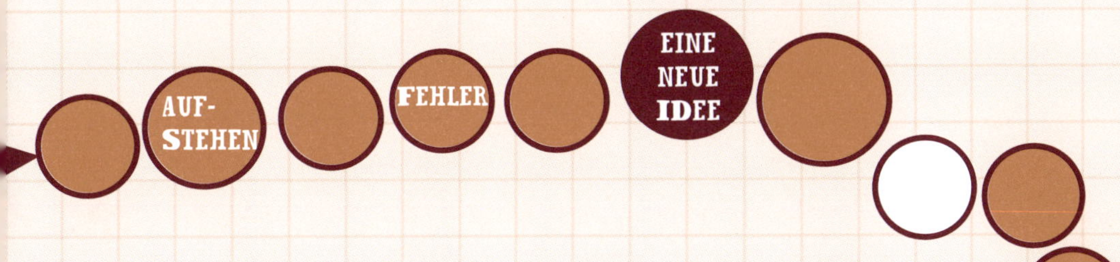

Juhu, wieder was geschafft, die Verwirklichung der Träume rückt näher.

Hier ist Platz für ein bisschen Nachdenklichkeit:

Wann soll mir jemand helfen?

Was soll jemand sagen?

Wer soll lieber nichts sagen?

Was ich auf gar keinen Fall möchte.

Danke an Helfer

Bestimmt hast du schon gemerkt, dass es echt viele Menschen gibt, die dich unterstützen. Hier kannst du sie verewigen. Zeichne deine Helfer in die Rahmen.

Über Dankbarkeit

Dankbarkeit ist schwer in Mode, weil sie dir zeigt, was alles schon Gutes passiert ist. Wenn du dich regelmäßig bedankst (bei wem auch immer) und das aufschreibst, hast du schon bald eine Liste mit Dingen, die toll sind.

Zum Beispiel:

Danke, dass ich an die Hausaufgaben gedacht habe.

Danke, dass ich ein tolles Buch zum Thema gefunden habe.

Danke, dass mir .... geholfen hat.

Danke an: ....

Danke an: ....

Danke an: ....

PERSPEKTIVE wechseln

Probier doch mal eine andere Sichtweise, wenn du nicht mehr weiterkommst. Überrasche dich selbst. Hier sind ein paar Anregungen:

Stell dir vor, du wärst eine berühmte Person, die du toll findest. Was hätte sie gemacht?

Stell dir vor, du wärst ein genialer ERFINDER. Wie würde seine Lösung aussehen?

Oder stell dir vor, du wärst die witzigste *Youtuberin*, die es gibt. Was kannst du jetzt anders machen?

Indem du dich in andere hineinversetzt, kannst du auf andere Einfälle kommen. Das funktioniert und wurde in Tests nachgewiesen.

Zeichne, was du siehst, wenn du einen Kopfstand machst.

Wenn du dich auf den Kopf stellst, siehst du alles andersrum. Manche Dinge sehen komisch aus oder haben plötzlich eine andere Form. Wenn du dir darüber Gedanken machst, kannst du etwas Neues entwickeln. Was passiert, wenn du das mit deinem Projekt machst? Stell dir vor, alles wäre genau andersrum. Was könnte dann passieren?
Du kannst dir auch dein Traum-Ich vorstellen. Was würdest du tun, wenn du keine Angst hättest? Sprich über dich in der zweiten Person. Durch den Abstand ist es plötzlich leichter.

NEUGIERIG  sein

Sei neugierig!

Schau, was andere so machen, wie andere es geschafft haben. Frage Mitschülerinnen, Bekannte und Vorbilder, wie sie Probleme meistern, sich motivieren und ihre Ziele erreichen. Nimm ruhig Ratschläge an, aber nur solche, die dich voranbringen können. Achte bewusst auf deine Umgebung, besonders auf die Kleinigkeiten. Sind sie heute anders als sonst? Mach doch mal selbst kleine Dinge anders.

Was hast du diese Woche Neues entdeckt?

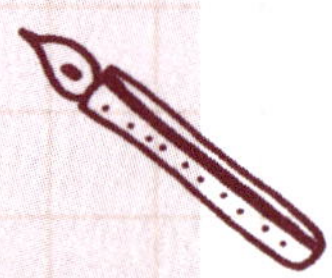

neues tun

Probiere die folgenden Sachen aus und mache dir Notizen.

Koche ein Gericht mit einer Zutat, die du noch nicht kennst.

Was war es?

Wie war es?

Frage eine fremde Person nach einem netten Café und geh hin.

Was war es?

Wie war es?

Mach eine Probestunde und probiere etwas Neues aus.
(gärtnern, stricken, schreinern, tanzen, Yoga etc.).

Was war es?

Wie war es?

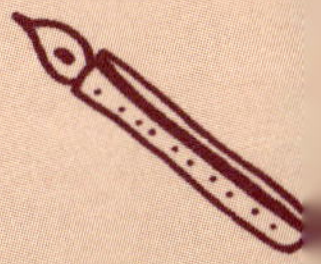

☆ Profitipps ☆

Was machen richtig produktive Menschen?

- Sie sind Freunde ihrer Zeit. Das heißt, sie jammern nicht über zu wenig Zeit oder dass sie nie Zeit haben, sondern nutzen ihre Zeit und sagen sich: „Die Zeit ist auf meiner Seite."
  Mach das doch auch mal! Sage laut:

DIE ZEIT IST AUF MEINER SEITE.

- Sie haben ein Morgenritual und halten es ein. Ein Ritual ist eine gute Sache, um voller Energie in den Tag zu starten. Du kannst es dir so gestalten, wie du willst, aber es sollte machbar sein. Ob du jeden Tag fünf Minuten meditierst, etwas zeichnest, dir dein wichtigstes Tagesziel aufschreibst oder Sportübungen machst, ist egal. Hauptsache, du ziehst es jeden Morgen durch. Wie könnte dein Morgenritual aussehen?

- ....
- ....
- ....
- ....
- ....

- Profis machen Sport oder bewegen sich. Das regt das Hirn an, macht den Kopf frei und erhöht die Konzentrationsfähigkeit. Gut ist es, mindestens eine halbe Stunde pro Tag Sport zu machen und wenigstens einmal zu schwitzen. Es kann auch Tanzen oder Radfahren sein, etwas, was dir Spaß macht, falls du ein Sportmuffel bist. Einmal zu deinem Lieblingslied abrocken ist besser als nichts und heizt schon deine Kreativität an.

- Profis schalten Ablenkungen ab und nehmen ihre Aufgabe ernst. Zu viel Zeit am Smartphone reduziert deine Fähigkeit, die Aufmerksamkeit für längere Zeit nur auf eine Sache zu konzentrieren. Deshalb sollte es Zeiten geben, in denen man alle Geräte in den Flugmodus schaltet.

PAUSE -Technik

Plane abends, was du am nächsten Tag zu tun hast und wann du Pausen einlegen willst. Eine Pause sollte ca. nach 1,5 Stunden sein und 5 bis 15 min dauern. Mache es dir einfach, an die Pausen zu denken, indem du dir zum Beispiel einen Wecker stellst.

Ausschalten: In der Pause solltest du die Bildschirme schließen und auch nicht zum Handy greifen. Diese Art von Ablenkung ist der geistigen Arbeit zu ähnlich und das Gehirn erkennt sie nicht als Pause an.

Unternehmung: Unternimm etwas Kleines, wie einen Spaziergang oder einen Tee kochen.

Sport und Spiel: Mache ein paar Tanzbewegungen, eine Yoga-Übung oder nimm die Siegerpose ein. Wichtig ist auch, genug zu trinken.

Ende: Mache das Ende deiner Pause eindeutig und kehre zurück an die Arbeit. Es kann auch helfen, die Augen kurz zu schließen und durchzuatmen.

Bei der SACHE bleiben

Gib nicht gleich auf. Natürlich wird es Rückschläge geben und vieles ist verbesserungswürdig, aber in den meisten Fällen bedeutet das einfach nur, dass es noch besser werden kann und wird. Lass dir genügend Anlaufzeit, probiere es weiter, vielleicht mit einer anderen Methode, lerne dazu und mache dir Mut. Du kannst es schaffen, das weißt du schon. Wenn du immer wieder einmal innehältst und auf deine Pläne schaust, kannst du sehen, ob du auf dem richtigen Weg bist. Und vergiss nie: Du selbst kannst deinen Gedanken auch wieder eine neue Richtung geben.

Zeichne das Bild weiter. Male wachsende Pflanzen und sprießende Blumen.

Über mich

Über die Autorin und Illustratorin

Constanze Guhr

Ich habe eigentlich Bildende Kunst auf Lehramt studiert. Weil ich aber nicht so gerne früh aufstehe, bin ich Illustratorin geworden, (Jetzt muss ich allerdings trotzdem oft früh aufstehen, weil ich meinen Sohn wecken muss ...)
Einmal war ich mit anderen Illustratorinnen verreist und dabei fiel mir Folgendes auf: Alle haben immer die anderen toll gefunden und nicht sich selbst. Jede hat zur anderen gesagt: „Du machst das so toll, ich könnte das nie." In Wirklichkeit war es aber so, dass jeder etwas gut konnte, das aber nicht so richtig gesehen hat.
Da kam mir die Idee zu diesem Buch und ich habe nach Wegen gesucht, wie es gelingt, mehr an sich selbst zu glauben und sich etwas zuzutrauen.
Außer an diesem Buch arbeite ich noch für viele andere Verlage und Magazine. Meine Arbeiten könnt ihr auf meiner Website sehen: www.constanzeguhr.de

Impressum

Ausführliche Informationen über
unsere Autoren und Bücher
www.dtv.de

Von Constanze Guhr ist bei dtv junior außerdem erschienen:
Mein allerliebstes Lieblingsbuch

MIX
Papier aus verantwortungsvollen Quellen
FSC® C084279

Originalausgabe

Umschlagbild und -gestaltung: Constanze Guhr
Innenillustrationen und -gestaltung: Constanze Guhr
Dieses Buch wurde mit Hilfe der
VG Bildkunst Bonn Projektförderung realisiert.
Druck und Bindung: Tesinska Tiskarna, a.s., Tschechien
ISBN 978-3-423-71835-6